님께

새해에는
좋은 일들이 더 많아지시기를,
즐겁고 행복한 시간들로 충만하시기를
기원합니다.

새해 福 많이 받으세요!

드림

힐링 타임

Healing Time

나무한그루

기쁨을 찾는 놀이

《소녀 폴리아나》 이야기

《소녀 폴리아나》는 출판된 지 100년이 된 책으로 지금까지도
많은 사람들에게 사랑받고 있는 아동문학서입니다.
폴리아나는 평범한 소녀였지만 어느 순간
'플러스 사고의 비법을 알게 되었습니다.
그럼 폴리아나의 비법을 배워 볼까요.

폴리아나는 어린 시절 엄마와 아빠를 잃고 고아가 되었고, 혼자 살고 있는 이모 집으로 가게 되었습니다.

이모는 무척 까다롭고 차가운 성격의 사람이었습니다. 폴라아나를 맡게 된 것을 달갑지 않게 여기던 이모는 그녀를 허름한 다락방에서 지내게 했고, 늘 차갑게 대했습니다. 하지만 어떤 상황에서도 기쁜 일을 찾아내는 '기쁨을

찾는 놀이'로 폴리아나는 언제나 행복해 했습니다.

처음 폴리아나가 그 놀이를 하게 된 계기는 그녀의 아빠 때문이었습니다.

어느 날 폴리아나가 인형을 갖고 싶다고 하자 목사였던 아빠는 교회 본부에 인형을 부탁했었습니다. 그런데 도착한 상자에 들어 있던 것은 인형이 아닌 지팡이였습니다. 실망한 어린 폴리아나는 울고 말았습니다.

"나는 인형이 갖고 싶어. 지팡이 같은 건 필요 없어."

그때 아빠가 가르쳐주었습니다.

"이것은 기쁜 일이란다."

"왜 기쁜 일이에요?"

"잘 들어보렴. 너는 걸을 수 있는 건강한 발이 있어서 지팡이를 쓸 필요가 없지? 바로 그것이 기쁜 일이란다."

"네?"

"성서에 '기뻐하세요.' '즐거워하세요.'라는 말이 몇 번이나 나오는지 아니?"

"몰라요."

“아빠도 잘 몰라서 직접 세어 보았어. 그랬더니 800번도 더 나와 있었단다. 그것은 신께서 그만큼 우리가 기뻐하기를 바라는 것이란다. 우리가 기뻐하면 신도 기뻐하신단다.”

“나도 기뻐할 일이 많았으면 좋겠어요.”

“그럼 오늘부터 아빠와 함께 ‘기쁨을 찾는 놀이’를 하자꾸나.”

폴리아나는 눈을 반짝였습니다.

“기쁨을 찾는 놀이는 어떻게 하는 거예요?”

“항상 무슨 일이 있어도 그 안에서 기쁜 일을 찾아내는 것이란다. 기쁜 일을 찾아내는 것이 어려우면 어려울수록 더욱 즐거워지는 놀이야.”

그 후로 폴리아나는 항상 기쁨을 찾는 놀이를 했습니다.

이모 집의 허름한 다락방에 살게 되었을 때에도 처음에는 조금 실망했었지만 이내 기뻐했습니다.

‘이 방에는 거울이 없으니 주근깨를 안 봐도 돼서 기뻐. 방 안에 그림이 걸려있지 않아도 창문 밖으로 보이는 나무, 집, 교회의 탑과 시냇물이 흐르는 모습의 풍경들이 그림처럼 예뻐. 이모가 이 방을 내게 줘서 정말로 기뻐.’

폴리아나는 모든 상황을 긍정적으로 생각하며 계속해서 기쁜 일을 찾아 나갔습니다.

기쁜 일을 찾다보면 어느 새 싫은 일들을 잊어버릴 수 있었고 그 때문에 폴리아나는 언제나 행복할 수 있었습니다. 이모는 그런 폴리아나의 모습을 보고 깊은 감동을 받았고 완고했던 그녀의 마음도 점점 부드럽게 녹아갔습니다. 그리하여 폴리아나의 '기쁨을 찾는 놀이'는 폴리아나의 주변 사람들은 물론, 마을 전체에까지 퍼져나가 사람들의 마음을 밝게 변화시켰습니다.

'기쁨을 찾는 놀이'를 하기 위해서는 돈도 어떤 준비도 필요하지 않습니다. 오늘부터라도 당장 할 수 있는 것입니다.

우선 지금 이 순간 기쁜 일을 찾아보세요.

분명 찾을 수 있을 것입니다(예를 들면 '이 책을 만날 수 있어서 기쁘다.'라든지……).

찾으면 찾을수록 오늘, 지금 이 순간이 행복해질 것입니다.

사고방식에 따라 자신의 운이 결정된다

마쓰시타 고노스케 이야기

아무리 힘들고 곤란한 상황에 처해 있더라도 긍정적이고 적극적인 마인드로
열심히 살아가는 사람은 점차 자신의 길을 개척해 나갈 수 있습니다.
'경영의 신'이라 불리는 마쓰시타 고노스케의 이야기입니다.

마쓰시타 고노스케는 어린 시절, 아버지의 사업 실패로 모든 재산을 잃고 열 명이나 되는 가족이 고향인 와카야마를 떠나 뿔뿔이 흩어져야만 했습니다.

그에게는 돌아갈 집도 없었고, 학교도 초등학교 4학년 때 중퇴한 바람에 내세울만한 학력도 없었습니다. 몸도 어린 시절부터 병을 달고 살 정도로 허약했습니다.

가족은 대부분 결핵으로 죽었습니다. 그래서 20세가 되던 해에 결핵의 일종인 폐첨카타르를 앓았을 때 그는 '드

디어 내 차례인가?'라고 생각했다고 합니다.

이처럼 아무것도 가진 것 없던 마쓰시타 고노스케는 고작 3명으로 시작한 영세기업을 50년 만에 직원 10만 명의 세계적인 기업으로 일궈냈습니다. 그 성공 비밀의 하나가 바로 마쓰시타의 긍정적 사고입니다.

"마쓰시타 씨는 어떻게 성공할 수 있었습니까?"

사람들의 질문에 그는 이렇게 대답합니다.

"운이 좋았기 때문입니다."

그는 자신에게 닥친 고난과 시련도 결코 운이 나빴기 때문이라고 생각하지 않았습니다.

"어린 시절부터 가난하고 힘들고 고통스러웠던 경험이 있었기 때문에 모두가 풍족하게 사는 것을 목표로 삼았고, 사람들을 물심양면으로 도우며 노력한 결과 성공할 수 있었습니다.

그리고 배움이 짧아 아는 것이 없었기 때문에 다른 사람들의 이야기에 더 귀를 기울이고 여러 사람들의 지식을 모아서 성공할 수 있었습니다. 또 제 몸이 병약했기 때문에 여러 사람들의 도움을 받아서 성공할 수 있었습니다."

그에게 닥쳐왔던 모든 고통들을 "나는 운이 억세게 좋다." "이것들은 분명 모두 나에게 도움이 될 것이다."라고 긍정적으로 해석해왔던 것입니다.

마쓰시타 고노스케는 신입사원 면접 때마다 지원자들에게 이런 질문을 했다고 합니다.

"당신은 운이 좋은 사람입니까? 운이 나쁜 사람입니까?"

그리고는 이렇게 대답한 사람을 채용했다고 합니다.

"네, 저는 운이 좋습니다."

자신이 운이 좋다고 생각하는 사람은 어떤 일이나 상황에 처해 있어도 부정적인 면을 보기보다는 오히려 긍정적인 면을 보고 생각할 수 있습니다. 따라서 일이나 상황을 긍정적으로 생각하고 적극적으로 행동하여 잘 해나가게 됩니다. 또한 그 모든 것이 자신의 실력보다도 주변 사람들 덕분이라는 감사의 마음을 절대로 잊지 않는다고 합니다.

이런 사람이라면 누구라도 함께 일하고 싶어 할 것입니다.

"성공은 자신의 노력이 아닌 운 덕분입니다."

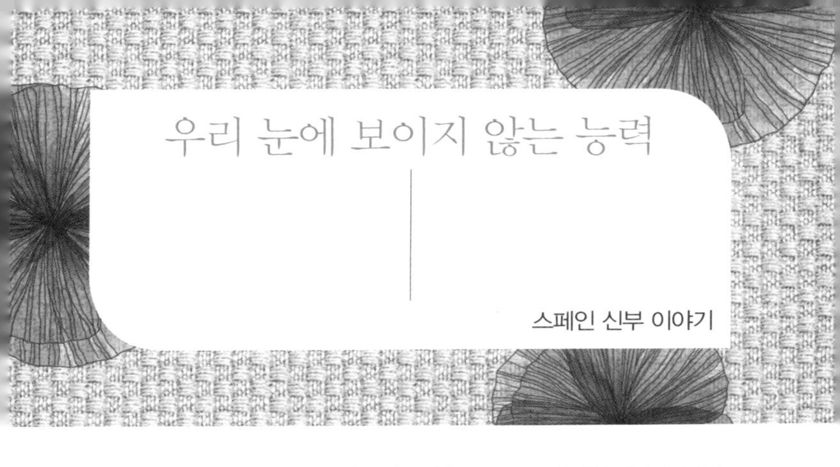

우리 눈에 보이지 않는 능력

스페인 신부 이야기

루이스 데 모야(Luis de Moya) 신부 이야기입니다.

스페인 팜플로나 시에 살고 있는 루이스 데 모야Luis de Moya 신부는 37세에 교통사고를 당했습니다. 힘겹게 목숨은 건졌지만 목 아래로는 더 이상 움직일 수 없게 되었습니다. 그래서 사고 이후 줄곧 휠체어 생활을 하고 있습니다.

그러나 몸이 자유롭지 못함에도 불구하고 그는 매일 신부로서의 사목司牧활동을 하고 있습니다. 그는 컴퓨터도 사용할 수 있습니다. 목을 움직여 커서를 움직이고 호흡의 힘으로 클릭을 합니다. 그렇게 책을 써서 출판도 했습니다. 또 스페인 유교 대학인 나바라대학에서 사제활동을 하고 있으며 TV방송에도 출연하여 많은 사람들에게 힘을 주고 있습니다.

몇 년 전에 스페인에서 루이스 신부를 만날 기회가 있었습니다. 너무도 밝은 성격 때문에 주변 사람들은 그를 보는 것만으로도 힘을 얻었습니다.

"사고로 몸이 이렇게 되었는데 어떻게 그처럼 밝을 수가 있습니까?"

사람들의 물음에 그는 이렇게 대답했습니다.

"사고 때문에 분명 잃어버린 것이 있습니다. 하지만 그것은 억만장자가 만 원을 떨어뜨린 것과 같습니다."

루이스 신부는 오늘도 사람들에게 힘을 주며 밝은 모습으로 최선을 다해 살아가고 있습니다.

잃어버린 것이 아닌, 지금 자신이 가지고 있는 것에 눈을 돌린다면 누구나 밝은 마음을 되찾을 수 있을 것입니다.

우리들은 모두 그런 능력을 가지고 있습니다.

누군가에게 도움을 받은 것에 대해 감사할 줄 알며, 더불어 누군가를 위해서 무언가를 해 줄 수도 있습니다. 그리고 삶의 즐거움과 행복을 느낄 수 있을 것입니다.

우리 모두는 그런 마음을 이미 가지고 있습니다.

행운은 불운의 밑바닥에서 시작된다

후지코 헤밍 이야기

만년에 꽃을 피우는 인생이 있습니다.
그런 희망을 가진 이야기를 소개합니다.

영혼의 피아니스트라 불리는 후지코 헤밍은, 4세 때 피아니스트인 어머니에게 피아노를 배우기 시작하면서 점차 천재소녀로 이름을 알리기 시작했습니다.

그녀는 17세에 솔로 콘서트 데뷔를 했고, 동경예술대학에 진학하여 다수의 음악상을 수상하면서 미래는 보장된 듯이 보였습니다.

그러나 독일유학을 준비하던 18세의 후지코 헤밍은 엄마와 이혼한 스웨덴 국적의 아빠와 연락이 두절되는 등 복

잡한 문제들로 국적을 잃게 되었고, 29세가 되어서야 피난민신분으로 겨우 독일 유학을 갈 수 있었습니다.

그곳에서 궁핍한 생활을 보내며 힘들게 음악 공부를 계속하던 그녀는 세계적인 음악가 번스타인의 후원으로 간신히 데뷔의 기회를 얻을 수 있었습니다.

하지만 얼마 후, 큰 불행이 후지코를 덮쳤습니다.

난방도 안 되는 방에서 생활하면서 리사이틀 직전에 감기에 걸렸고 그 감기가 원인이 되어 양쪽 귀가 전부 들리지 않게 된 것입니다. 이후의 모든 연주회는 전부 취소할 수밖에 없었고 그녀는 그렇게 점점 음악계에서 잊혀져 갔습니다.

곤궁한 생활이 다시 계속되었습니다.

2년 정도 전혀 들리지 않았던 귀는 현재에도 왼쪽만 40% 정도 회복되었다고 합니다.

1995년 어머니의 죽음을 계기로 그녀는 39년 남짓한 외

국생활에 종지부를 찍고 일본으로 귀국하였습니다.

이후 일본에서 부지런히 콘서트 활동을 해 온 후지코에게 1999년 2월 기적 같은 일이 일어났습니다. 66세가 된 후지코의 반평생을 그린 NHK의 다큐멘터리 〈후지코-어느 피아니스트의 궤적〉이 전파를 타면서 큰 반향을 일으킨 것입니다.

고등학생에서부터 80세 이상의 노인까지 1천 명이 넘는 시청자들이 후지코의 연주를 한 번 더 듣고 싶다는 요청을 해 왔고 그로 인해 이례적으로 재방송이 몇 번이나 방영되었습니다.

1999년 8월에는 데뷔 CD 〈기적의 캄파넬라〉를 발매했습니다. 그 음반은 지금까지의 클래식 CD 판매기록을 갱신할 정도로 큰 히트를 쳤습니다. 후지코 헤밍의 음악인생이 만년에 이르러서야 꽃을 피운 것입니다.

후지코 헤밍의 연주가 사람의 마음을 울리는 것은 그녀가 불행했던 밑바닥 생활을 극복해냈기 때문입니다. 그녀는 자신의 책에서 이렇게 말하고 있습니다.

"눈앞에 있는 현실만을 보고 행복과 불행을 판단해서는 안 됩니다. 그때는 불행이라고 생각했던 일이 시간이 지나고 생각해 보면 보다 큰 행복을 위해 필요한 것이었다는 것을 알게 될 겁니다."

지금 자신이 밑바닥에 있다고 생각되더라도 결코 포기하지 마세요. 포기하지 않는다면 반드시 좋은 날이 찾아올 것입니다.
그때의 일은 보다 큰 행복을 위해 필요한 것이었을 뿐. 좋은 날은 반드시 찾아옵니다.
행운은 노력을 계속 이어 나가는 사람에게 찾아오는 것입니다.

가장 좋은 것을 세상에 내어 주세요

마더 테레사 이야기

마더 테레사 수녀의 이야기입니다.

평생을 가난한 사람과 중병에 걸린 사람들을 위해서 헌신적으로 일하며 그 공으로 노벨 평화상을 수상했던 마더 테레사, 하지만 그녀도 처음에는 사람들에게 많은 비난을 받았습니다.

마더 테레사가 인도의 콜카타에서 빈사 상태에 있는 가난한 사람들을 돌보기 위해 '죽음을 기다리는 사람들의 집'을 만들었을 당시에는 달갑지 않은 눈길을 보내는 사람들이 많았습니다. 왜냐하면 거리에서 죽어가는 사람들을 돌볼 수 있는 시설을 만들기 위해 시청의 관리자들과 교섭하여 제공 받은 장소가 하필이면 힌두교 대사원의 일부였기 때문이었습니다. 힌두교 사람들은 자신들의 신성한 사원에서 제멋대로 행동하는 가톨릭 수녀에게 눈살을 찌푸렸습니다.

사람들은 마더 테레사에게 온갖 욕설과 악담을 퍼부었고 심지어는 돌을 던지는 일도 있었습니다. 그런 일들이 마더 테레사에게는 일상다반사가 되었습니다.

그 중에는 이런 말을 하는 남자도 있었습니다.

"당신 죽여 버릴 거야."

그럴 때마다 그녀는 한 발짝도 물러서지 않고 의연하게 받아쳤습니다.

"죽이고 싶으면 죽이세요. 하지만 제가 죽은 후에는 당신이 이 시설에서 저 대신 일을 해야 할 거예요."

시간이 흐르면서 차츰 반대하는 사람이 줄어들었고 오

히려 도와주는 사람들이 하나 둘 늘어났습니다.

마더 테레사는 다음의 시와 같은 말을 남겼습니다.

당신의 가장 좋은 것을

인간은 불합리적이고
비논리적이며 이기적인 존재입니다.
그래도 그들을 사랑하세요.

당신이 선을 베풀면
사람들은 당신에게 불순한 의도가 있을 것이라
의심할 것입니다.
그래도 선을 베푸세요.

당신이 목적을 달성하려고 할 때
당신을 방해하는 사람을 만나게 될 것입니다.
그래도 끝까지 해내세요.

당신이 오늘 하는 좋은 일도
내일이 되면 잊혀질 것입니다.
그래도 좋은 일을 하세요.

당신의 정직함과 성실함 때문에
사람들에게 상처를 입을지도 모릅니다.
그래도 정직하고 성실하게 사세요.

당신이 몇 년을 걸려 만든 것이
하룻밤 사이에 무너질 수도 있습니다.
그래도 다시 만드세요.

당신이 도와준 사람이
배은망덕하게 굴지도 모릅니다.
그래도 도와주세요.

당신의 가장 좋은 것을 세상에 내어 주세요.
사람들은 충분하지 않다고 말할 것입니다.

그래도 가장 좋은 것을 내어 주세요.

이것은 마더 테레사가 신에게 계시 받은 메시지가 아닐까 생각합니다. 그녀는 이 말을 받아들이고 스스로를 채찍질하기 위해 글로 써 두었습니다.

아무리 좋은 일을 하고 있어도 언제든 주위의 잘못된 이해와 비난이 생길 수 있습니다. 하지만 그녀는 인간의 어리석음과 추악함을 알면서도 인간을 열심히 사랑했습니다. 힘들고 괴로우며 많은 어려움이 따른다는 것을 각오하고서 죽을 때까지 멈추지 않고 해나갔습니다. 자신의 보잘 것 없음과 약함을 느끼면서도 자신의 가장 좋은 것을 사람들에게 나누어 주었습니다.
마더 테레사는 매일 눈앞의 사람들에게 자신이 가진 가장 좋은 것을 주기 위해 노력한 것입니다.

칭찬은 사람을 성장시킨다

쿠로사와 아키라 감독 이야기

칭찬을 받으면 아이는 성장합니다.
칭찬을 받음으로써 자신의 재능을 발견하고 꽃을 피웁니다.
영화감독인 쿠로사와 아키라 감독의 어린 시절의 이야기를 소개합니다.

〈7인의 사무라이〉, 〈보디가드〉, 〈붉은 수염〉, 〈삶〉 등 다수의 명작을 만든 거장 감독의 어린 시절은 의외로 울보에다가 공부도 못하고 자주 따돌림을 당하는 아이였다고 합니다.

그랬던 그의 인생에 전환점이 된 사건은 초등학교 3학년 때의 미술 시간이었습니다. 쿠로사와의 그림을 보고 비웃고 있는 반 친구들 앞에서 담임인 타치카와 세이지 선생

님이 그의 그림을 크게 칭찬해 준 것입니다.

소년 쿠로사와는 그때부터 자신감이 생겼습니다. 그날 이후 쿠로사와는 미술 시간이 기다려졌고 혼자서도 열심히 그림을 그리게 되었습니다. 덩달아 다른 과목도 흥미를 느끼고 몰두하게 되면서 성적 또한 빠르게 향상되었고 학급의 반장까지 맡게 되었습니다.

그림 그리기를 좋아했던 그는 대학에서 회화를 전공했고, 그 후 영화감독이 되어 다수의 명작을 만들어냈습니다.

특히 교사에서 작가가 된 우치다 햐쿠켄과 제자들의 아름다운 사제애를 그린 그의 유작 〈아직이에요〉의 주인공인 햐쿠켄의 모습은 어린 시절 자신의 은사였던 타치카와 선생님을 표현했다고 합니다.

영화 속 은사가 아이들에게 다음과 같이 말하는 대사가 있습니다.

"여러분 자신이 정말로 좋아하는 것을 찾아보세요.

그것을 찾게 되면 그 소중한 것을 위해 열심히 노력하세요.

여러분은 노력하고 싶은 그 무언가를 분명 가지고 있습니다. 그것은 여러분들의 마음이 담긴 멋진 일이 될 것입니다."

칭찬은 어른들도 기쁘게 만듭니다.

자신이 한 일에 대해 자신감이 생기고 스스로에게도 자신감을 가질 수 있게 합니다.

또한 긍정적인 마음의 의욕이 생겨납니다.

칭찬 받은 일을 좋아하게 되고 점점 열의를 가지고 그 일에 몰두하게 됩니다.

상대방의 좋은 점을 발견하고 마음으로부터 상대방을 칭찬하는 일, 그것은 좋은 인간관계를 만드는 것 이상으로 소중한 일입니다.

약속은 실행의 힘을 솟게 한다

파키스탄의 한 마을에 학교를 지은 남자

베스트셀러 《THREE CUPS OF TEA》의
주인공인 그레그 모텐슨의 기적 같은 감동 실화입니다.

1992년 34세의 그레그 모텐슨은 세계에서 제일 험난한 등정으로 잘 알려진 K2에 올라갔습니다. 23세의 나이로 죽은 그의 여동생이 생전에 원했던 바람대로 여동생의 유품인 목걸이를 산 정상에 놓아두기 위해서였습니다. 하지만 산 정상을 불과 20미터 앞둔 곳에서 그는 조난당하고 말았습니다.

생명의 기로에 서 있을 때 포터에게 구조되어 파키스탄

의 어느 작은 마을에 신세를 지게 되었습니다. 마을 사람들의 극진한 보살핌 속에서 따뜻한 교류를 나누는 동안 그는 충격적인 사실을 발견했습니다. 그 마을에 단 하나의 학교도 없었던 것입니다. 그래서 아이들은 추위에 단단하게 언 땅바닥에 나무토막으로 글을 쓰면서 혼자서 공부하고 있었습니다. 교실도 교과서도 없는 장소에서 일주일에 세 번밖에 오지 않는 선생님을 기다리면서 말입니다.

아이들이 손에 쥔 그 나무토막을 바라보며 그레그는 가슴이 찢어질 듯 아팠습니다. 순간 그는 자신을 구해주고 보살펴준 마을 사람들을 위해 무슨 일이든 해야겠다고 생각했습니다. 그 일은 K2 정상에 오르는 일보다 훨씬 중요했습니다.

어느 날 그는 마을 장로에게 말했습니다.

"제가 이 마을에 학교를 짓겠습니다. 반드시 이 약속을 지키겠습니다."

그러나 그 다음부터가 문제였습니다. 그레그는 간호사였기 때문에 학교를 짓는 방법에 대해서는 아무것도 아는 것이 없었습니다. 무엇보다도 학교를 짓기 위해서는 막대한 자금이 필요했지만 그에게는 돈도 없었습니다.

미국으로 돌아온 그는 후원금을 마련하기 위해 580통의 편지를 써서 여러 기관과 유명인사에게 편지를 보내고 도움을 요청했습니다. 하지만 돌아온 답장은 100달러짜리 수표가 들어 있는 1통의 편지뿐이었습니다.

그래도 그는 포기하지 않았습니다. 우선 자신의 물건들을 내다팔고 아침부터 밤늦게까지 일하면서 계속해서 후원자들을 찾는 노력을 게을리하지 않았습니다.

그런 그의 열의가 전해진 것일까요. 도와주는 사람들이 하나 둘 나타나기 시작했습니다. 하지만 파키스탄으로 돌아와 학교짓기에 전념하면서 지금까지 다니던 직장을 잃게 되었고, 사랑하는 애인과 헤어지고, 자신의 집마저도 잃게 되었습니다.

그래도 그는 마을 장로와의 약속을 지키기 위해서 포기하지 않았습니다.

4년 후인 1996년, 우여곡절 끝에 그토록 바라고 바라던

첫 번째 학교가 세워졌습니다. 그 후 지금까지 파키스탄과 아프가니스탄에 모두 60개가 넘는 학교가 지어졌습니다.

대부분의 아이들은 매일 2~3시간을 걸어서 학교에 가야했습니다. 그래도 아이들은 학교에 가는 것을 너무나도 좋아했습니다. 학교에서 배운다는 것은 곧 기회를 얻는 것이라는 사실을 그들은 잘 알고 있었습니다.

지금 전 세계의 5살에서 15살의 아이들 중, 학교에 가고 싶어도 갈 수 없는 아이들이 무려 1억 1천 만 명에 달한다고 합니다. 그들은 가난한 형편 때문에 하루에도 몇 시간씩 일을 해야만 하고, 공부를 하고 싶어도 배울 수 있는 학교가 없습니다. 단 한 번도 학교에 다니지 못한 채 전쟁에 불려 나가 죽어가는 아이들도 많습니다.

파키스탄에서는 단돈 1페니(약 10원)로 연필 한 자루를 살 수 있습니다. 그 연필로 글을 읽고 쓰며 문학을 배운다면 아이들은 다른 나라와의 교류와 더불어 자신의 세계를 더 넓혀갈 수 있습니다. 그리고 배운 것을 바탕으로 희망을 가지고 인생을 걸어 나갈 수 있습니다.

여태껏 공부할 기회가 없었던 한 소녀가 말했습니다.

"나는 교육이 어떤 의미인지 전혀 몰랐어요. 하지만 이제는 그것이 세상의 물처럼 인생의 모든 것에 연결되는 매우 소중한 것이라는 것을 알게 되었어요. 나는 커서 의사가 되고 싶어요. 그냥 환자만을 치료하는 의사가 아니라 병원을 지을 수 있는 의사가 되고 싶어요. 그래서 이 지역 모든 여성의 건강문제를 해결해 주고 싶어요."

그레그가 지은 학교는 아이들에게 희망을 주는 장소가 되었습니다.

단 한 사람의 결의에서부터 세상의 변화가 시작됩니다.

지금 당장 누군가와 약속을 하십시오.

그리고 그 약속을 실행하기 위해 움직이세요.

분명 멋진 일이 일어날 것입니다.

포기하지 않는 열정

라이트 형제 이야기

20세기가 되어서도 많은 사람들이 하늘을 나는 꿈은
'과학적으로 불가능한 일'이라고 주장했지만
변함없이 하늘을 날고 싶다고 간절히 소원하는 형제가 있었습니다.

형제는 본업인 자동차 가게의 일을 하는 한편, 하늘을 날기 위한 공부와 연구를 거듭하며 실험을 반복했습니다. 실험은 실패를 거듭했지만 그들은 결코 포기하지 않았습니다.

한편 정부에서 수개월 전부터 시작된 미국 육군 비행실험 역시 계속 실패했습니다. 우수한 연구자와 기술자들을 불러 모으고 막대한 자금을 쏟아부었지만 성공하지 못했습니다. 외국에서도 비행실험의 실패로 추락사한 사람의 이야기가 들려왔습니다.

그런 일이 있을 때마다 형제는 점점 용기가 없어졌습니다. 자신들이 '정말로 무모한 짓을 하고 있는 것은 아닌가' 하는 생각이 들었습니다. 하지만 그들은 포기하지 않았습니다. 어렵고 빠듯한 형편에도 공부에 공부를 거듭하였고, 마침내 직접 만든 실험용 비행기를 완성했습니다.

드디어 공개 실험의 날이 다가왔고 형제는 그 실험을 알리는 전단지를 매스컴에 뿌렸습니다. 하지만 공개 실험 당일 날 구경하러 온 사람들은 다섯 명에 불과했습니다. 그나마 그 다섯 명 중 세 명은 연안 경비대원이었고 한 명은 아이였습니다. 기대하고 있던 매스컴 관계자들은 단 한 명도 오지 않았습니다. 어느 누구도 그 실험이 성공할 것이라고 생각하지 않았던 것입니다.

하지만 그 날 1903년 12월 17일, 형제는 세계 최초로 비행기 실험에 성공하였습니다. 그날 라이트 형제는 새로운

역사의 문을 연 것입니다.

인간에게 하늘을 나는 일은 불가능한 일이라 불리는 꿈이었습니다. 하지만 결국 그 꿈은 실현되었습니다. 포기하지 않고 도전한 사람이 있었기 때문입니다. 그 덕분에 지금 우리들은 비행기로 하늘을 날 수 있는 것입니다.

우리들이 가지고 있는 꿈도 지금은 불가능이라고 말할지 모릅니다. 하지만 그 꿈은 실현할 수 있습니다. 그리고 그것으로 인해 누군가는 분명 행복해질 것입니다.

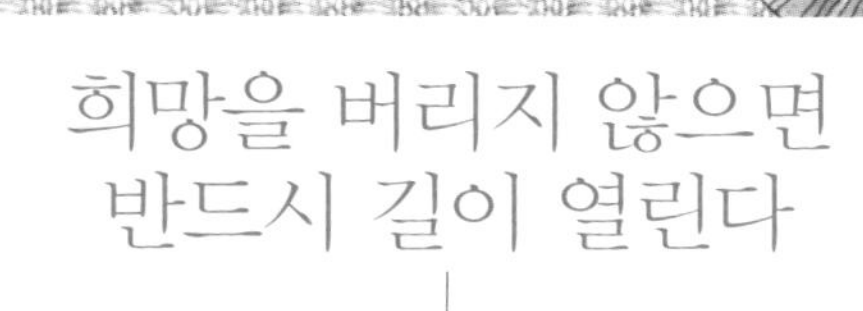

희망을 버리지 않으면 반드시 길이 열린다

빅터 프랭클 이야기

《죽음의 수용소에서》의 저자로 잘 알려진 빅터 프랭클의 이야기입니다.

1905년 비엔나에서 태어난 빅터 프랭클은 정신과 의사이자 심리학자였습니다. 유태인이라는 이유로 제2차 세계대전 때 나치에게 붙잡혀 유태인 강제수용소로 끌려갔습니다. 부모와 부인, 자식 모두가 죽임을 당하고 재산까지 모두 빼앗겨 무일푼이 되었을 때, 마음속으로 그는 이렇게 중얼거렸습니다.

'모든 것을 빼앗아갔지만 내 마음의 자유만은 빼앗을 수 없어.'

프랭클은 수용소에서 비인간적인 대우를 받으면서도 언제나 자긍심을 잃지 않고 주위 사람들에게 따뜻하게 말을 건넸습니다. 사람들이 차례차례 죽어나가는 상황 속에서도 그는 몇몇 사람들과 함께 끝까지 살아남았습니다.

강제수용소라는 죽음과 맞닿아 있는 곳에서 프랭클과 그들에게 살아갈 힘이 된 것은 무엇이었을까요?

그것은 바로 '살아서 여기를 나갈 날이 반드시 올 것이다.'라는 희망이었습니다.

강제수용소에 끌려와 절망하며 자살을 결심한 어느 죄수에게 프랭클은 이렇게 말했습니다.

"'당신을 필요로 하는 무언가'가 어딘가에 분명히 있고, '당신을 필요로 하는 누군가'도 어딘가에 반드시 있습니다.

그리고 그 '무언가'와 '누군가'는 당신이 발견해주기를 간절히 기다리고 있을 것입니다."

희망은 스스로 찾아내는 것입니다.

아무리 비참한 상황 속에서도 희망을 발견하는 사람은 살아남기 위해 열심히 노력합니다.

그 후 수용소에서 살아남은 프랭클은 그 때의 경험을 책으로 썼습니다. 그 책이 바로 세계의 많은 사람들에게 깊은 감명을 준 《죽음의 수용소에서》입니다.

아무리 힘든 시간이라도 희망을 버리지 않으면 길이 열립니다.

"어떤 상황에서도 인생에 YES라고 말하는 것, 즉 아무리 힘든 상황에서도 삶에는 의미가 있습니다. 아무리 절망적인 상황이라도 삶에 대해 YES라고 말할 것입니다."

어떤 인생이라도 그 속에서 희망을 발견하고 그 희망과 함께 살아갈 수 있습니다.
희망을 버리지 않으면 언젠가는 반드시 우리들의 인생에서 멋진 의미를 발견할 수 있을 것입니다.

희망은 인생을 비추는 빛

헬렌 켈러와 앤 설리번 이야기

기적의 인물 헬렌 켈러와 그녀의 스승이었던 앤 설리번의 이야기입니다

헬렌 켈러는 두 살밖에 되지 않은 어린 나이에 원인불명의 병으로 청각과 시각을 모두 잃게 되었습니다. 아직 아무것도 모르는 나이에 그녀는 소리와 빛이 없는 세상 속으로 들어갔습니다.

아무것도 보이지 않고 아무것도 들리지 않고 아무것도 말할 수 없는 세상. 그것은 상상도 할 수 없는 삼중고의 장애였습니다.

그녀는 당연히 사물에 이름이 있다는 사실도, 말이 전

달수단이라는 사실도 알지 못했습니다. 식사를 할 때는 음식을 손으로 집어먹으며 온 주변을 어지럽히고 마음에 들지 않는 것은 마구 던져버리는 짐승 같은 생활이었습니다.

헬렌이 일곱 살이 되자 부모님은 앤 설리번 여사를 가정교사로 맞이했습니다. 설리번은 대단한 인내력으로 헬렌을 가르쳤습니다. 설리번은 헬렌의 손바닥에 글씨를 적어가며 말을 가르쳤습니다. 어린 소녀였던 헬렌은 설리번의 노력에 점점 그 의미를 깨달아갔습니다.

그러던 어느 날 기적 같은 일이 일어났습니다. 헬렌이 양손으로 물을 떠받들고서는 소리쳤습니다.

"무- 무-"

그것은 그녀가 사물에 이름이 있다는 것을 깨닫고 그것을 말로 표현해낸 순간이었습니다. 그리고 그녀가 세상에서 희망을 발견한 순간이기도 했습니다.

헬렌은 청각과 시각장애자로서 전 세계에서 처음으로 대학에서 교육을 받았습니다. 그리고 강연이나 저술활동

등을 통해 세상 사람들에게 희망을 준 인물이 되었습니다.

"희망은 인간을 성공으로 안내하는 신앙이다.
희망이 없다면 아무것도 성취할 수 없다."

사람들은 모두 삼중고의 어려움을 극복한 위인 헬렌 켈러를 '기적의 인물'이라 부르지만 그녀 옆에서 50년 동안 가르치며 이끌어준 앤 설리번이야말로 '기적을 만들어낸 인물'이었습니다.

앤 설리번도 비참한 어린 시절을 보냈습니다. 그녀는 가난한 아일랜드계의 이민자 자녀였습니다. 어머니는 설리번이 여덟 살 때에 죽었으며 아버지는 알코올중독자였습니다. 아무도 돌봐줄 사람이 없었기 때문에 설리번과 남동생 지미는 나라에서 운영하는 구빈원에 보내졌습니다.

술과 마약중독자, 병든 사람과 정신병자들이 우글대는 구빈원에서 어린 두 남매는 악몽 같은 날들을 보냈습니다.

결국 남동생 지미는 구빈원의 열악한 환경 속에서 죽고 말았습니다. 설리번도 눈의 질병으로 시각에 이상이 왔고 통합실조증(정신분열병)에 걸려 의사마저 완전히 포기한 상황이었습니다.

그러던 어느 날 그 곳을 시찰하러 온 한 복지사업가의 도움을 받아 구빈원을 나가게 되었고, 그 후 그녀는 맹학교로 보내져 학문을 배울 수 있었습니다.

헬렌 켈러를 처음 만났을 때, 그녀는 스물한 살의 나이로 눈이 완전히 안 보이는 것은 아니었지만 눈을 침투하는 만성병에 시달리며 학교를 막 졸업한 교사였습니다.

보이지 않고 들리지 않고 말할 수도 없었기 때문에 짐승처럼 제멋대로 행동했던 헬렌을 다른 교사들은 모두 포기했지만 앤 설리번만은 달랐습니다. 그녀는 끝까지 헬렌을 포기하지 않았습니다. 상상할 수 없을 정도의 인내력과 애정으로 헬렌을 가르치고 이끌어주었습니다.

"그녀는 사람들의 생각을 이끌어내고 따뜻한 감정을 행동으로 옮기는 것뿐만이 아니었습니다. 자신 또한 너무도 큰 장애를 가지고 있으면서도 대단한 위업을 달성했으며, 어두운 먹구름 속에서도 인간은 맑고 아름답게, 그리고 즐겁게 살아갈 수 있다는 것을 사람들에게 가르쳐주었습니다."

아무리 어두운 먹구름 속에서도 희망을 가지고 살아가야 하는 삶의 존엄성을 헬렌에게 가르쳐 준 사람이 바로 그녀의 가장 위대한 스승이었던 앤 설리번이었습니다.

두 사람의 삶은 우리들에게 아무리 힘든 역경에 처해도 절대로 희망을 잃어서는 안 된다는 것을 가르쳐주고 있습니다.

언제나 마음속에 희망을 갖고 있기를 바랍니다.

그리고 자신이 할 수 있는 것을 조금씩 이루어 나가세요.

긍정의 힘

〈고요한 밤 거룩한 밤〉의 탄생 비화

크리스마스에 세계에서 가장 많이 연주되고 불려지는
〈고요한 밤 거룩한 밤〉의 탄생 비화를 소개합니다.

〈고요한 밤 거룩한 밤〉은 약 200년 전 오스트리아 서부의 아름다운 알프스 산맥 가까이에 있는 티롤 지방의 오베른도르프라는 곳에서 만들어졌습니다.

1818년 12월 24일 아침, 요셉 모어 신부는 교회의 파이프오르간이 고장난 것을 알게 되었습니다. 쥐가 오르간의 풀무를 갉아먹은 것입니다. 당장 파이프오르간을 수리해야 했지만 폭설 때문에 당일 중으로 수리공이 오는 것은 무리였습니다.

몇 시간 후에 있을 크리스마스이브 심야 미사에 파이프 오르간을 사용할 수 없게 될 것은 불을 보듯 뻔했습니다. 이대로는 매년 이날을 기대하고 있는 마을 사람들을 실망시키게 될 것은 물론이고 그 어느 때보다 쓸쓸한 크리스마스이브가 되고 말 것입니다. 모어 신부는 어찌해야 좋을지 몰랐습니다.

한참을 고민하고 있는데, 마을의 어느 가난한 농부의 집에서 아기가 태어났으니 축복기도를 해달라는 연락이 왔습니다. 모어 신부는 일단 농부의 집으로 향했습니다.

갓 태어난 천사 같은 아기를 축복해 준 다음, 다시 눈길을 헤치며 교회로 돌아오면서 모어 신부는 첫 크리스마스 날을 곰곰이 생각해보았습니다.

크리스마스는 지금으로부터 2000년 전에 마구간에서 태어난 예수의 탄생일입니다. 허름한 마구간에는 따뜻한 이불과 침대는 물론 오르간도 없었습니다. 하지만 태어난 갓난아기를 축복하는 별이 빛나고 엄마와 아빠, 그리고 목

동들과 동물들이 모두 기뻐해주었습니다…….

그렇게 눈길을 헤치며 교회로 돌아오던 모어 신부의 마음속에는 예수 탄생의 감동을 표현할 단어들이 떠오르기 시작했고 어느 새 한 편의 시가 완성 되었습니다.

그러나 멜로디가 없었습니다. 모어 신부는 어떻게든 심야 미사에서 이 시를 노래로 부르고 싶었습니다. 그래서 급히 초등학교 교사이자 친구인 프란츠 그뤼버를 찾아갔습니다. 작곡을 부탁하기 위해서였습니다.

"프란츠! 이 가사에 곡을 좀 붙여줘. 오늘 심야 미사에서 부를 거야. 오르간이 없어도 상관없어~! 기타 반주에 맞춰 부를 거야."

하지만 오르간 연주자였던 그뤼버는 자신은 기타 연주는 하지 않기 때문에 작곡을 할 수 없다고 거절했습니다. 그러나 모어 신부는 물러나지 않았습니다.

"기타 코드 3개 정도는 알고 있잖아."

그뤼버가 고개를 끄덕이자 신부는 계속 말했습니다.

"그럼 코드 3개 정도만 사용하는 간단한 곡을 쓰면 되지 않을까. 오늘밤 우리들은 새로운 캐럴을 부르는 거야."

결국 그뤄버는 모어 신부의 요청에 따라 곡을 만들기 시작했고 그로부터 1시간도 지나지 않아 마침내 곡을 완성했습니다.

유난히 길게 느껴졌던 하루해가 지고 드디어 크리스마스이브 심야 미사가 시작되었습니다.

완성된 곡은 기타 반주에 맞춰 모어 신부가 테너, 그뤄버가 베이스를 맡아 2명의 여성과 함께 4중창으로 불렀습니다. 별이 빛나는 성탄 전야의 알프스, 그 알프스 자락의 성당에 울려 퍼진 노랫소리는 마을 사람들을 감동시키기에 충분했습니다.

고요한 밤 거룩한 밤, 어둠에 묻힌 밤.
주의 부모 앉아서 감사 기도 드릴 때
아기 잘도 잔다, 아기 잘도 잔다.

지금까지도 전 세계에서 사랑받고 있는 찬송가 〈고요한 밤 거룩한 밤〉은 이렇게 탄생되었습니다.

불과 몇 시간만에 완성된 노래였지만 크리스마스 노래로서 이만큼 사랑받고 있는 노래도 없을 것입니다.
생각해보면 오르간이 고장나는 사건이 없었다면 이 곡은 탄생하지 못했을 것입니다.
생각지 못했던 사건에도 굴하지 않고 크리스마스를 모두와 함께 기뻐하고 축하하고 싶어 했던 모어 신부의 간절한 마음이 이 곡을 낳은 것입니다.

어려운 상황에서도 긍정적인 신념을 가지고 행동하면 놀라운 일이 일어날 것입니다.

세상에 하찮은 일은 없다

와타나베 카즈코 수녀 이야기

와타나베 카즈코는 일본에서 마더 테레사 수녀님 다음으로 유명한 수녀입니다.
지금 소개할 이야기는 와타나베 수녀님의 젊은 시절,
미국의 수도원에서 수행할 때의 일입니다.

그녀의 아버지는 2.26사건(1936년 2월 26일 일본에서 일어난 청년 장교들의 쿠데타 기도)으로 살해된 교육총감 와타나베 쇼타로입니다.

사건 당시 아홉 살에 불과했던 그녀는 불과 1미터 떨어진 곳에서 아버지가 총탄을 맞고 쓰러지는 것을 두 눈으로 목격했습니다. 그 고통스러운 기억을 가슴에 안고서 성장한 그녀는 29세에 그리스도교의 수도녀회에 입회하였습니다.

이례적으로 36세라는 젊은 나이에 노트르담세이신여자대학의 학장이 된 그녀는 오랜 시간 교단에 서서 제자들의 마음을 지탱해주는 지도를 해 왔습니다. 올해 나이 86세가 되었지만 그녀는 여전히 강연 등으로 전국을 돌아다닐 정도로 대단히 정정하십니다. 또한 《와타나베 카즈코 전집》이 출간될 만큼 왕성한 집필활동을 하고 있습니다.

와타나베 카즈코는 미국의 수도원에서 접시를 정리하는 일을 맡았습니다. 이제껏 외국계 기업에서 열심히 일을 해왔던 사람에게 매일 접시를 정리하는 일은 너무도 단조로웠습니다.

어느 날 접시를 정리하고 있는 와타나베의 모습을 지켜보고 있던 수련원장이 이렇게 말했습니다.

"와타나베 수녀님, 당신은 무엇을 생각하면서 이 일을 하나요?"

"글쎄요, 딱히 생각하는 게 없는데요."

“저런, 수녀님은 시간을 헛되이 보내고 있군요.”

수련원장은 와나타베 수녀를 나무랐습니다. 그리고 이렇게 말했습니다.

“접시를 하나하나 정리할 때마다 그것을 사용하는 사람들의 행복을 위해 기도하면서 정리를 하는 것은 어떨까요?”

그 말에 와타나베는 크게 놀랐습니다. 지금까지 단 한 번도 그런 생각으로 접시를 정리한 적이 없었기 때문입니다.

그 후 와타나베는 수련원장이 권해 준 그 방법을 순순히 받아들여 실행해보기로 했습니다.

‘이 접시를 사용하는 모든 사람들이 오늘도 건강하게 지낼 수 있게 해 주소서.’

‘이 사람에게 좋은 일이 더 많이 일어나게 해 주소서.’

‘이 사람의 병이 나을 수 있게 해 주소서.’

그러자 와타나베의 마음속에서 점점 큰 변화가 생겼습니다. 접시를 정리하는 보잘 것 없는 단순한 일이 사실은 매우 가치 있는 일이라는 것을 깨닫게 된 것입니다. 그리고 어느 순간 자신도 충실한 마음으로 일을 하고 있다는 것을 느꼈습니다.

와타나베 카즈코 수녀는 말합니다.

"이 세상에 '하찮은 일'은 없습니다.
우리들이 하찮다고 생각하기 때문에
그 일이 하찮은 일이 되는 것입니다."

'일(仕事)'이라는 단어는 사람에게 봉사한다는 의미를 가지고 있습니다.

어떤 일이든 그 일을 하찮게 여기지 않고 사람들의 행복을 바라는 마음을 담아 행하세요.

그러면 아무리 작고 보잘 것 없는 일이라도 큰 가치가 있는 일이 됩니다.

그런 사랑을 담은 일이 사람을 한층 더 행복하게 해줄 것입니다.

용서하고 또 용서하라

내 이름은 임마꿀레

1994년 아프리카 르완다에서 100일간
약 100만 명이 동족에 의해 학살된 비극적인 사건이 일어났습니다.
이 대학살에서 살아남은, 당시 대학생이었던 임마꿀레 일리바 기자가 쓴
《살아남다》는 전미에서 베스트셀러가 되었습니다.

임마꿀레 일리바 기자는 '영원한 봄'이라 불리는 나라 르완다에서 애정이 넘치는 가족의 품에서 자랐습니다.

하지만 1994년 르완다에서 전쟁에 의한 대학살이 시작되었습니다. 어제까지만 해도 다정한 이웃이었고 친구였던 사람들이 하루아침에 돌변하여 도끼나 칼을 들고 덤벼들었습니다.

"모두 죽여."

학살이 시작되고 살인자들이 무기를 들고 아직 살아 있는 사람들을 찾고 있을 때, 그녀는 한 목사 집의 좁은 화장실에 7명의 여성과 함께 몸을 숨겼습니다.

3개월 동안 소리 한 번 내지 못하고 몸도 마음대로 가누지 못하는 밀실 속에서 공포와 대치하며 그녀는 필사적으로 기도했습니다.

살려달라고 기도하는 것은 당연한 일이었고, 그녀는 마음속에 점점 솟아오르는 살인자에 대한 참을 수 없는 분노를 기도하는 것으로 이겨내고 있었습니다.

'신이시여, 제발 제 마음을 열어주세요. 그리고 어떻게 하면 그들을 용서할 수 있을지 알려주세요. 저는 그들에 대한 증오심을 가라앉힐 정도로 강하지 않습니다. 저의 증오심이 불타올라 저를 파괴해버릴 것 같습니다. 제발 제게 답을 주세요. 어떻게 하면 용서할 수 있을지 방법을 가르쳐 주세요.'

신이 그녀의 필사적인 기도를 들어준 것인지 그녀는 마

지막까지 살아남게 되었습니다. 그녀가 살아남은 것은 기적이었지만 그보다 더 기적적이었던 것은 그녀의 마음속에 자리 잡고 있던 살인자에 대한 분노와 증오가 사라진 것이었습니다.

그 일이 가능할 수 있었던 것은 어느 날 기도 속에서 그녀는 확실히 깨달았기 때문입니다.

살인자조차도 신의 눈에는 신의 자식이며 사랑과 용서를 받는 대상이라는 것을…….

그런 그녀의 마음을 시험 받는 일이 있었습니다.

구출된 그녀는 지인인 지방장관의 뜻에 따라 자신의 어머니와 형제를 죽이고 재산을 빼앗아 갔으며 자신을 죽음의 공포에 빠지게 한 살인자를 보기 위해 형무소에 가게 된 것입니다.

그녀의 마음은 이미 정해져 있었습니다. 그녀는 그에게 단 한 마디를 해 주기 위해 그를 만나러 간 것입니다.

그 살인자를 만나자 그녀는 한 발 앞으로 다가가 살포

시 그의 손을 잡으며 말했습니다.

"당신을 용서합니다."

그 모습을 본 지방장관은 분개했습니다. 그는 임마꿀레가 자신의 가족을 죽인 상대를 심문하며 욕설을 퍼붓고 침이라도 내뱉기를 기대하고 있었던 것입니다. 그런데 용서라니요. 도대체 왜 용서를 한 것인지, 어떻게 그럴 수 있는지 이해할 수 없었던 지방장관이 그녀에게 물었습니다. 그러자 그녀는 온화한 목소리로 대답했습니다.

"제가 그에게 줄 수 있는 것은 용서하는 일밖에 없었어요."

현재 임마꿀레는 미국으로 이주하여 사랑하는 남편과 두 명의 아이와 함께 매우 행복한 생활을 보내고 있습니다.

'어떻게 자신이 기적적으로 살아남을 수 있었을까?'

그 물음에 대한 답을 알고 있는 그녀는 뉴욕의 국제연합에서 일하며 학살이나 전쟁의 후유증으로 고통 받고 있는 사람들을 치료하는 활동을 계속해 오고 있습니다.

그녀가 책을 쓴 이유는 먼 르완다에서의 발생한 이 비참한 사건을 단지 우리들에게 알려주기 위함이 아니었습니다. 그녀가 정말로 우리들에게 전하고자 한 것은 그 경험을 통해 얻은 메시지입니다. 그것은 이 세상 모든 사람에게 필요한 것이라고 그녀는 믿고 있습니다.

그녀는 말합니다.

"세상의 모든 사람들은 자신들에게 상처 준 사람들을 용서하는 것을 배울 수 있을 것입니다. 그 상처가 아무리 클지라도 말입니다. 이것의 진실을 나는 매일 보고 있으니까요. 한 사람 한 사람의 마음속에 자리 잡고 있는 사랑이야말로 세상을 바꿀 수 있다고 생각합니다."

이 책은 아프리카 르완다를 무대로 발생한 이야기지만 또 하나의 무대는 독자 여러분의 마음속이라고 생각합니다.

르완다에서 발생한 참극은 지구상 어디에서라도 일어날 수 있습니다. 사람이 사람을 상처 주는 일은 어디에서나 일어날 수 있는 일입니다.

우리들의 주변에서도 일어날 수 있습니다.

우리들의 마음속에서도 일어날 수 있습니다.

이 책을 읽은 여러분은 느낄 수 있을 것입니다.

이 책은 이제껏 마음속에서 피를 흘린 사람과 지금도 상처를 안고 있는 사람들에게 따뜻한 위로의 메시지를 담고 있다는 것을.

우리들을 고통스럽게 하는 증오나 복수심을 극복하기 위해서는 우리들의 마음속에 있는 모든 선한 힘 즉, 신앙심과 희망과 용기, 그리고 무엇보다 사랑이 중요하다는 것을 느낄 수 있을 것입니다.

지금 자신에게는 그런 힘이 없다고 생각하는 사람이 있을지도 모르지만 임마꿀레처럼 자신에게 그런 힘을 줄 수 있도록 기도 하는 일은 얼마든지 할 수 있을 것입니다.

*이 도서는 읽는 것만으로도 힘이 되는 이야기 《힐링 스토리》에서 발췌한 내용입니다.

힐링 타임

지은이 | 나카이 토시미
펴낸이 | 우지형
기 획 | 곽동언

인 쇄 | 하정문화사
일러스트 | 송진욱
디자인 | Gem

펴낸곳 | 나무한그루
주소 | 서울시 마포구 동교동 165-8 엘지팰리스빌딩 727호
전화 | (02)333-9028 팩스 | (02)333-9038
E-mail | namuhanguru@empal.com
출판등록 제313-2004-000156호

ISBN 978-89-91824-45-4 03830
값 3,800원

이 도서의 국립중앙도서관 출판시도서목록(CIP)은
서지정보유통지원시스템 홈페이지(http://seoji.nl.go.kr)와
국가자료공동목록시스템(http://www.nl.go.kr/kolisnet)에서 이용하실 수 있습니다.
(CIP제어번호: CIP2013018419)